HISTOIRE
DE LA
FÉLICITÉ.

A AMSTERDAM,

M. DCC. LI.

AVERTISSEMENT

DE L'EDITEUR.

VOICI une Edition de la Félicité qui a été faite ſur un manuſcrit qu'on m'a garanti fidele. Cette Hiſtoire n'a parû que tronquée dans un Ouvrage Périodique. Quoique les retranchemens qu'on avoit faits en euſſent diminué l'agrément; elle a plû généralement.

Il est bon d'avertir le Lecteur que cet Ouvrage est un bout-rimé ; on a obligé l'Auteur de remplir les noms qui étoient sur la carte de l'ordre de la Félicité, comme le je ne sai quoi, le tour des badinages, la route de l'occasion perdue, & beaucoup d'autres allégories semblables, qui peuvent faire des plaisanteries pour une société, mais qui sont ennuyeuses & plattes dès qu'elles en sortent.

On a tâché de s'écarter de cette ſervitude, & l'on a manqué à la carte afin de ne pas manquer au Public.

HISTOIRE
DE LA
FÉLICITÉ.

LA Félicité est un Etre qui fait mouvoir tout l'Univers ; les Poëtes la chantent, les Philosophes la définissent, les Petits la cherchent bassement chez les Grands, les Grands l'envient aux Petits, les jeunes gens la défigurent, les Vieillards en parlent souvent sans l'avoir connuë, les Hommes pour l'obtenir croient devoir la brusquer, les Femmes, qui ordinairement ont le cœur bon, essayent de se l'assurer en tâchant de la procurer, l'Homme timide la rebute, le Téméraire la révolte, les Prudes la voyent sans pouvoir la joindre, les Coquettes la laissent sans la voir ; tout le monde la nomme, la desire, la cherche, presque personne ne la trouve, preſque perſonne n'en jouit : elle éxiſte pourtant, chacun la porte dans ſon cœur & ne l'apperçoit que dans les objets étrangers. Plus on s'écarte de ſoi-même, plus on s'écarte du bonheur : c'eſt ce que je vais prouver par l'Hiſtoire d'un pere & d'une mere qui, revenus de leurs erreurs, en firént le récit à leurs enfans, & ſacrifierent leur amour propre au deſir de les inſtruire étoient deux époux qui s'étoient mariés par convenance, s'étoient estimés sans s'aimer, & en avoient aimé d'autres sans les estimer. Ils avoient eu des enfans par amour pour leur nom, s'étoient ensuite négligés par dissipation & s'étoient fait des infidélités réciproques, le mari par air & par mode, la femme par vanité & par vengeance.

L'âge les rassembla, ils reconnurent leurs erreurs en cessant de les faire aimer aux autres; l'amour propre leur avoit donné des foiblesses, l'amour propre les en avoit corrigés: ils avoient cherché le monde pour y trouver des louanges, ils l'avoient quitté pour éviter des ridicules; ils s'étoient désunis par ennui, & s'étoient réunis par ressource.

Ils formerent tous deux le même projet sans se le communiquer, c'étoit de faire tourner leurs fautes au profit de leurs enfans. Themidore voulut raconter ses avantures à son fils

Alcipe pour lui faire connoître les écueils du monde. Zelamire voulut faire part des siennes à sa fille Aldine, pour lui en faire éviter les dangers.

C'est je crois la meilleure façon d'instruire des enfans. Il y a apparence qu'elle devient à lamode, car les jeunes gens ne font sans doute tant de sottises que pour amasser des matériaux pour la perfection de leurs descendans.

Voici le récit de Themidore à son fils.

HISTOIRE DE THEMIDORE.

Depuis long-tems, Alcipe, je desire de vous ouvrir mon cœur, & de vous marquer ma confiance, bien moins en vous donnant des conseils, qu'en vous découvrant mes fautes ; vous oublieriez les uns, vous retiendriez les autres ; des préceptes sont plus difficiles à suivre, que des défauts à éviter : un modéle de vertu fait souvent moins d'impression qu'un modéle d'imprudence.

J'ai été jeune : mon pere qui étoit plus rigide qu'éclairé, me donna une éducation dure, & me dégouta de la raison, en me l'offrant avec trop de séverité ; il intimida mon esprit au lieu de l'éclairer, & désſecha mon cœur à force de réprimandes, au lieu de le nourrir & de le former par la douceur.

Les premieres leçons qu'on donne aux enfans doivent toujours porter le caractere du sentiment ; l'intelligence du cœur est plus prématurée que celle de l'eſprit ; on aime avant que de raiſonner : c'eſt la confiance qu'on inſpire qui fait le fruit des inſtructions qu'on donne.

Mon pere n'en uſa pas ainſi. Le titre de pere me donna plutôt une idée de crainte que de tendreſſe ; la contrainte où j'étois, me fit prendre un air gauche qui ne me réüſſit pas ; quand je débutai dans le monde, mes raiſonnemens étoient aſſez juſtes, mais dépouillés de graces, & bien ſouvent la bonne compagnie ne juge de la solidité de l'esprit que par son agrément.

Mon pere m'avoit présenté dans quelques maisons, & m'avoit répeté bien des fois que le point essentiel pour réüssir étoit d'être complaisant ; mais pour l'être sans passer pour un sot, il faut de l'usage du monde dans celui qui a de la complaisance, & du discernement dans ceux qui en sont les objets ; il faut qu'on sache gré à quelqu'un de se prêter aux goûts differens des societés, & l'on ne peut pas lui en ſavoir gré qu'on ne lui en ſuppoſe de contraires qu'il ſacrifie : vous êtes aſſez payé de vous plier à la volonté d'autrui, lorſqu'on eſt perſuadé que vous pouvez en avoir une à vous.

Mon eſprit étoit trop intimidé pour me faire ſentir cette diſtinction, les gens chez qui j'étois reçu étoient trop bornés pour l'appercevoir, j'y allois tous les jours faire des révérences en homme emprunté, des complimens en homme ſot, & des parties d'ombre en homme dupe.

En un mot, je les ennuyois avec toute la complaisance possible ; ils me le rendoient avec toute la reconnoissance imaginable

Ce genre de vie me déplaisoit fort, lorsqu'un jour de grande assemblée je crus au milieu de trente visages héteroclites découvrir une femme, qui sans tirer à conséquence pour le lieu où elle étoit, avoit une figure humaine ; je la regardai, elle le remarqua; je rougis, elle s'approcha; je n'ai jamais été si embarrassé ni si flatté ; elle avoit bien cinquante ans, mais je n'en avois que vingt, ainsi elle étoit jeune. La conversation s'anima, c'est-à-dire elle parla beaucoup, & je répondis fort peu; mais comme toutes mes monosyllabes servoient de liaison à ses phrases, cela pouvoit s'appeller une conversation. Je me souviens qu'elle me fit des avances très marquées. Je lui trouvai de la raison, elle en fut flattée parce qu'elle en manquoit. J'eus le secret en peu de mots de dire plusieurs sottises; elle loüa mon esprit; j'en fus enchanté parce que personne ne m'en trouvoit. L'amour propre noüa nos chaînes, il en forme bien plus que la sympathie, & voilà pourquoi elles durent si peu, c'est qu'on cesse de se flatter à mesure qu'on se connoît, & les liens se relâchent à mesure qu'on neglige le principe qui les a serrés.

J'eus la hardiesse le troisiéme jour de lui offrir la main pour la remener chez elle; elle l'accepta, & je fus saisi de crainte dès l'antichambre. C'étoit mon premier tête à tête; cela me paroiſſoit une affaire déciſive pour ma réputation; je n'avois jamais rien à dire, & je voulois toujours parler; je cherchois au loin des ſujets de converſation, & je ne prenois point le ſtile de la choſe; j'étois fort reſpectueux, parce que je ne connoiſſois pas ſon caractere; elle étoit fort prévenante, parce qu'elle connoiſſoit le mien.

Enfin, après pluſieurs propos vagues & forcés, qui marquent plus la diſette d'eſprit que le ſilence, nous arrivâmes à ſa porte ; je prenois déja congé d'elle lorſqu'elle me dit que l'uſage du monde exigeoit que je la conduiſiſſe juſqu'à ſon appartement. Madame, lui répondis-je, très-ſpirituellement, je n'oſois pas prendre cette liberté là : Ah ! vous le pouvez, Monſieur, pourſuivit-elle, je ne crains point les jeunes gens. Madame, répartis-je, un peu décontenancé, vous êtes bien polie. En entrant dans ſa chambre elle ſe jetta ſur un un ſopha & me dit, j'en uſe librement avec vous, mais je compte ſur votre amitié. Vous avez raiſon, Madame, lui dis-je, je ſerois fâché de vous importuner. Quel âge avez-vous, dit-elle? vingt ans, lui répondis-je. Ah, bon Dieu qu'il fait chaud aujourd'hui, reprit-elle! Madame, lui dis-je auſſi-tôt, ſi vous voulez je vais ouvrir la porte. Gardez-vous en bien, repliqua-t'elle, il n'y a rien de ſi mal ſain, vous n'avez que vingt ans dites-vous; en vérité vous êtes bien avancé pour votre âge.

Ah! Madame, lui répondis-je, vous avez la bonté de dire cela parce qu'il y a long-tems que vous êtes amie de ma mere. Mais voilà précisement ce qui n'est point, s'écria-t'elle avec aigreur, nos âges sont si differens; je ne l'en estime pas moins cependant. Et dites-moi, je vous prie, êtes-vous fort répandu; avez-vous beaucoup de connoissances? Madame; je vais tous les jours dans la maiſon où j'ai eu le bonheur de vous rencontrer. C'eſt bien fait, dit-elle, ce ſont de ſi bonnes gens ; il eſt vrai qu'ils ne ſont pas exceſſivement amuſans, mais en vérité leur commerce eſt ſûr; je m'en accommode aſſez ; car je hais tant la jeuneſſe : j'entens par la jeuneſſe, tous ces petits Meſſieurs que les femmes gâtent ſi bien, & je ne ſais pas ce qui leur en revient ; car ils ſont la plûpart ſi ſots dans le tête à tête, & ſi avantageux en compagnie ; je vous distingue beaucoup, au moins en vous recevant seul. Madame, assurément lui dis-je, je n'en abuserai pas. Je le vois bien, reprit-elle ; je suis assurée qu'il n'y a pas un jeune homme qui à votre place n'eût déja été impertinent, mais je dis fort impertinent ; je serois bien fâché, repris-je, que cela m'arrivât. Je ne suis point bégueulle, continua-t'elle, & je n'exige pas qu'on soit toujours avec moi prosternerné dans le respect : pourvû qu'on ne me manque point, voilà tout ce que je demande. Dites-moi, mon cher ami, n'avez vous jamais été amoureux? Non Madame, lui répondis-je, car mon pere ne veut me marier que dans deux ans ; assurément, dit-elle, il doit être bien content d'avoir un fils aussi formé que vous l'êtes. Cependant, poursuivit-elle, je ne verrois pas un grand inconvénient que vous vous prissiez d'inclination pour quelque femme, pourvu que ce ne fût point pour quelque tête évaporée, qui au lieu de vous former le cœur, vous prouvât que l'on peut s'en passer. Ah! je m'en garderai bien, lui dis-je, cela nuiroit à mon établissement, & ces choses là sont contre l'honnête homme. Mon cher enfant, répondit-elle, j'ai une grande vénération pour votre probité, mais il est tard, soupez avec moi. Je ne le puis pas, Madame, repris-je ; mon cher pere & ma chere mere ſeroient trop inquiets. Eh bien, allez vous-en donc, dit-elle, avec un air impatienté : je lui obéis, & je ſortis fort content de ma perſonne ; j'aurois cru m'en être bien tiré ſi quelque-tems après on ne m'avoit pas dit qu'elle me faiſoit paſſer pour un ſot.

A force d'aller dans le monde j'en pris inſenſiblement les uſages, à force d'entendre des ſottiſes je me deshabituai d'en dire, mais à force d'aller avec des gens qui en faisoient je ne pus me dispenser d'en faire. De l'extrême simplicité je passai à l'extrême étourderie. Ces deux excès opposés se touchent, c'est le défaut de réflexion qui les produit tous deux: on ne s'en garantit qu'en s'accoutumant à penser; mais c'est un parti que tout le monde ne peut pas prendre. Je remarquai que chacun vantoit le bonheur & se plaignoit du malheur; je ne concevois pas pourquoi on avoit

avoit la mal adresse de trouver l'un plutôt que l'autre, & je n'avois pas encore assez de raison pour sentir que les routes qu'on prend pour arriver au bonheur, sont presque toujours celles qui vous en éloignent; je crus en savoir plus que les autres, & j'imaginai comme tous les gens de mon âge, que la suprême félicité étoit d'être homme à bonnes fortunes. Ainsi avec de l'étude & une sérieuse attention sur moi-même, j'acquis en peu de tems tous les ridicules nécessaires pour mériter ce titre ; j'eus beaucoup de respect pour moi & beaucoup de mépris pour les femmes. Voilà le premier pas pour faire son chemin auprès d'elles ; je fis des agaceries avec une impertinence qui faisoit voir combien je me croyois de graces ; je me louai avec une confiance qui persuadoit presque les sots de mon mérite, & j'eus des prétentions avec une effronterie qui fit croire que j'avois des droits. En un mot, je me donnai un maintien capable de deshonorer vingt femmes; c'étoit un talent marqué dans un homme qui avoit été aussi neuf que moi; aussi m'admirois-je perpétuellement: car un sot est bien plus content de devenir un fat, qu'un homme d'esprit de devenir un homme de bon sens: je manquai de respect à beaucoup de femmes, plusieurs s'en offenserent sans que je m'en affligeasse, plusieurs m'écouterent sans que je m'en souciasse ; je fus très-souvent téméraire & quelquefois heureux ; je séduisis des prudes en louant leur vertu, des coquettes en feignant de ne pas admirer leurs charmes, & des dévotes en déchirant tout l'univers.

Mais je gardai toutes ces conquêtes aussi peu de tems qu'elles m'en avoient couté ; le caprice me dégouta des premieres ; la legereté m'enleva les secondes ; la fausseté me révolta contre les troisiémes ; ainsi ce bonheur prétendu que j'envisageois, s'évanouissoit toutes les fois que je croyois le posseder. J'ai remarqué souvent que tous les faux bonheurs ont un point de vuë, comme certains tableaux dont les beautés diminuent & disparoissent à mesure qu'on en approche.

Je m'étois cependant fait une réputation qui contribua à mon établissement : car qu'un jeune homme soit à la mode, il passe pour être aimable, & pour lors on ne s'informe pas s'il est raisonnable : on proposa à mon pere un parti convenable, c'est-à-dire, une fille riche ; j'acceptai la proposition ; l'entrevue se fit, la personne avoit passé sa vie au Couvent, elle me trouva admirable : on me fit jouer avec elle, à peine ouvrit-elle la bouche pour nommer les couleurs, je lui trouvai beaucoup d'esprit & je me crus certain de son bon caractere. Après avoir pris des précautions aussi sages pour le bonheur de l'un & de l'autre, on nous maria ; & la troisiéme fois que nous nous vîmes, on nous fit honnêtement coucher ensemble, en presence de trente ou quarante parens qui ne devoient jamais devenir nos amis. Le lendemain ces Messieurs s'égayerent à nos dépens, avec cette legereté lourde & gauche, de gens qui sont dans l'habitude d'être plaisantés, & qui sont insupportables lorsqu'une fois dans leur vie ils se croyent obligez d'être plaisans. Ma femme soutint leurs mauvais propos sans se déconcerter, le plus fort étoit fait. Je vous avoue que le mariage quoique fort respectable, m'a toujours paru un tant soit peu indécent : on oblige une fille de recevoir publiquement dans son lit quelqu'un qu'elle ne connoît pas, & elle est deshonorée d'y recevoir en secret quelqu'un qu'elle adore : que l'homme est étonnant ! sa tête eſt un amas d'inconſéquences, & cependant on l'appelle un être raiſonnable, ce n'eſt aſſurément qu'un titre de convention. Zelamire & moi nous vécûmes aſſez bien enſemble pendant deux ans : elle parloit peu, je lui répondois encore moins, je croyois que la taciturnité faiſoit partie de la dignité d'un mari. Plus d'un ami me dit que ma femme avoit de l'eſprit, je leur dis pour leur marquer ma reconnoiſſance, que la leur avoit le cœur tendre. Notre intelligence entre Zelamire & moi ne dura pas long-tems ; nos gouts, nos caracteres, nos connoissances differoient en tout. Nous passions notre vie en petites contradictions qui jettent plus d'amertume dans le commerce que des torts décidés ; nous fûmes assez heureux pour perdre patience, assez sinceres pour nous le dire, & assez sages pour nous séparer sans éclat, sans donner de scènes au

Public. Nous nous quittâmes comme deux époux qui se détestent sans manquer au respect qu'ils se doivent. Ma femme se retira dans une de ses Terres à ce qu'elle me dit, & moi je me livrai plus que jamais au monde.

Enfin, après avoir éprouvé l'erreur de la dissipation, & l'abus des bonnes fortunes, pour parvenir à la félicité; je crus l'envisager dans les honneurs, & je devins ambitieux. Vous voyez, mon fils, que je ne me fais pas grace d'un seul de mes défauts, pour vous les faire éviter tous. Je ne savois pas quels chagrins je me ménageois; la montagne des honneurs est bien escarpée, il faut ou trop de mérite ou trop de mauvaises qualités pour y arriver; mais on est aveugle sur soi-même, & parce que j'avois eu assez de talens pour faire le malheur de quelques femmes, je m'en croyois assez pour faire le bonheur d'un état; je formai des brigues, j'intéreſſai pour moi pluſieurs perſonnes que je mépriſois, & qui ne m'eſtimoient pas. Je les éblouis à force de promeſſes, je leur fis entrevoir une protection chimerique pour en obtenir une réelle. Enfin, j'eus la place d'un homme eſtimé, mais je ne la poſſedai qu'autant de tems qu'il m'en fallut pour faire voir mon incapacité & mon ingratitude. L'injuſtice m'avoit élevé, l'équité me déplaça, je me retirai rempli de haine pour les grandeurs, & pour les hommes; mais desesperé de sentir que je n'en pouvois pas être regretté : on souffre bien plus des sentimens qu'on inspire que de ceux qu'on reçoit; rien n'est si humiliant que de ne pouvoir pas être estimé de ceux qu'on a droit de mépriser; un ambitieux permet le mépris, pourvû qu'il soit élevé, un homme déplacé soutient le malheur pourvû qu'il ne soit pas méprisé; j'allois mourir de chagrin d'avoir perdu un poſte qui m'auroit fait mourir d'ennui, lorſque je rencontrai un ſage qui diſſipa mes ténèbres, & qui me montra le bonheur en me prouvant que juſqu'alors je n'avois fait que changer de malheur. Il s'étoit comme moi inſtruit à ſes dépens; c'étoit un homme d'une ancienne nobleſſe, il avoit paſſé ſa jeuneſſe avec des femmes, l'ambition l'en avoit détaché & l'avoit lié avec des hommes faux; la raiſon l'avoit corrigé de ce dernier travers, & l'avoit déterminé à vivre à la campagne. Il avoit d'abord été un agréable, ensuite un homme de cour, & il avoit voulu finir en honnête homme. Je me liai intimement avec lui, sa probité gagna mon cœur, & sa sagesse éclaira mon esprit. Mon ami, me dit-il, un jour, j'ai payé ainsi que vous le tribut aux fausses opinions ; j'ai cherché la félicité parmi toutes les erreurs, & je ne l'ai trouvée qu'après en avoir abandonné né la recherche. Laſſé du monde que j'habitois, je voulois aller ſous un autre ciel, ſous un ciel où les ames fuſſent auſſi pures que l'air qu'on y reſpire; je me retirai ici, c'eſt le domicile de mes peres; j'y vis avec mes voiſins; je leur découvre des vertus dont je fais ſouvent mon profit, & je ne leur trouve que des défauts communs, des défauts de Province, des défauts qui tombent trop dans le petit, pour germer un ſeul inſtant dans un homme qui penſe ; j'oublie le monde, c'eſt un parti plus ſûr & plus honnête que de déclamer contre, & j'éprouve que le ſeul moyen de devenir heureux eſt d'être Philoſophe : Philoſophe, m'écriai-je, cela me paroît bien ennuyeux ; je vois bien, reprit-il, que vous ignorez ce que c'eſt qu'un Philoſophe ; la Philoſophie conduit toujours au vrai bonheur lorſqu'on ſe garantit de l'amour propre. Cette Philoſophie n'eſt point une vertu âpre telle qu'on ſe la repréſente, qui prend la cauſticité pour la juſteſſe, l'humeur pour la raiſon, & le dédain pour un ſentiment noble. La Philoſophie dont je parle eſt une vertu douce qui craint le vice, & qui plaint les vicieux; qui ſans le moindre étalage pratique exactement le bien, qui ſçait diſtinguer une foibleſſe d'avec le ſentiment qui chérit, qui reſpecte tout ce qui ſerre les nœuds de la societé, qui établit une parfaite égalité dans le monde, qui n'admet de prééminence que celle que donnent les qualités de l'ame, qui loin de haïr les hommes, les prévient, les ſoulage, leur fait connoître les charmes de l'amitié par le plaiſir de l'exercer, & qui tâche d'enchaîner tous les cœurs par les liens de l'amour & de la reconnoiſſance. Ah, lui dis-je, avec tranſport! c'eſt vous ſeul que je prends pour mon guide; je ſens que je ſerois heureux ſi je reſſemblois au portrait que vous venez de faire ; je ne m'étonne pas qu'il y ait si peu de vrais sages, il est plus facile de mépriser les hommes que de les soulager. Mais, continuai-je, avez-vous pû trouver ici quelqu'un digne de votre societé ? La vertu pour s'entretenir a besoin de se communiquer. Je me flâte, répondit mon Philosophe, d'avoir une amie respectable ; c'est une femme retirée à une lieuë d'ici dans l'Abbaye de... elle a vécu dans la dissipation ; sa tête lui a fait commettre plus de fautes que son cœur ; elle a connu trop de monde different pour s'être acquis des amis ; elle s'est trop livrée au tourbillon pour avoir eu le tems de s'attacher des amans, presque tous les jours ont été marqués par de fausses démarches ; ses étourderies ont paru des foiblesses, le printems de son âge s'est passé, la vivacité de son imagination s'est rallentie, elle s'est dégoutée des plaisirs, elle a commencé à réflechir, elle a connu qu'elle avoit fait tort à ſa réputation ſans avoir fait ſubir d'épreuves à ſa vertu, & en découvrant l'abus du monde, elle eſt venue ſentir & gouter le prix de la retraite; j'en partage toutes les douceurs avec elle; je vais ſouvent la voir, je lui développe toutes mes penſées, elle me confie les ſiennes; nous éprouvons que la véritable amitié, l'amitié délicate, l'amitié tendre & attentive ne peut guéres subsister qu'entre deux personnes d'un sexe different, qui sont parvenues à l'âge de mépriser l'Amour. Ce que l'on doit aux femmes multiplie les égards, détruit les inconvéniens de l'égalité, émousse les pointes de l'envie, rend les nuances de la sensibilité plus douces, & devient le principe d'une confiance plus liante & plus intime.

Ce discours alla jusqu'au fonds de mon ame; il me rappella l'image de Zélamire

Zelamire. Ne pourriez-vous pas, dis-je, d'un air attendri me faire connoître une femme ſi eſtimable ? Vous allez ſouvent à l'Abbaye de... j'y dois faire une viſite à une Dame nommée Elmaſie. Elmaſie, répondit mon ami ? d'où la connoiſſez-vous ? je ne la connois point, repliquai-je, mais ma femme qui, depuis longtems, vit loin de moi ſans qu'aucune averſion nous ait déſunis, m'a écrit de faire toucher ſa penſion à cette Elmasie, qui auroit soin de la lui faire tenir; je ne puis en être si près sans aller lui rendre un devoir qui me paroît indispensable : vous en serez content, répartit mon ami, c'est elle-même dont je viens de vous faire l'éloge, je veux dès demain vous y presenter; cachez lui mon nom, lui dis-je aussi; je suis curieux de pénétrer, sans qu'elle me connoisse, l'opinion qu'elle a de moi; je veux lui demander des nouvelles de

Zelamire, de ſa ſituation, de la vie qu'elle méne, des ſentimens qu'elle a pour moi; je n'ai jamais eu d'éloignement pour elle, nous ne nous ſommes ſéparez que parce qu'elle vouloit quitter le monde où je voulois reſter; je ſerois fâché qu'elle me mépriſât : je veux que ma femme me regarde comme un ami qu'elle ne voit point. J'entre dans vos vues, me repliqua mon Philoſophe, & je les ſeconderai.

Le lendemain nous exécutâmes notre résolution; nous allâmes à l'Abbaye. Nous demandâmes Elmasie ; on nous fit entrer dans un parloir assez obscur ; je fus saisi d'une espece de frémissement dont je ne pouvois me rendre raison à moi-même ; je redoutois une amie de ma femme; je sentois qu'elle ne pouvoit pas avoir pour moi une parfaite estime : c'est supporter la peine des reproches, que de les deviner. J'étois agité de ces penſées, je gardois le ſilence de l'inquiétude, lorſque la porte s'ouvrit; je vis entrer une grande femme qui avoit le viſage couvert d'un crêpe, je me ſentis émû; mon ami me préſenta comme un homme qui tiroit parti du malheur pour devenir vertueux. Elmaſie ſoupira, & dit d'une voix languiſſante, plût au Ciel que l'époux de Zelamire imitât cet exemple! Monſieur, me dit-elle, je voudrois que vous le connuſſiez; je deſirerois qu'il mît vos fautes à profit pour réparer les siennes, & pour se rejoindre à une femme qui est tombée dans quelques erreurs, qui a pu être blâmable, mais qui n'a jamais été méprisable ; elle a toujours aimé son mari, cette vertu fait sa consolation, & cependant la rend à plaindre. Ce discours interrompu par des soupirs, ces reproches pleins de tendresse, le son de voix qui les exprimoit, me dessillerent les yeux en éclairant mon cœur.

Madame, lui dis-je, en tremblant, je ſais que Zelamire vous regarde comme ſon amie, & je vois qu'elle ne ſe trompe pas; je le ſuis encore plus de Themidore, repliqua-t'elle; Zelamire lui a caché ſa tendreſſe par un excès d'égard, elle a été réſervée de peur de l'importuner, elle ſavoit que c'eſt l'importunité de l'amour qui conduit ſouvent à la haine; cependant elle ſe reproche à preſent ſa froideur, c'eſt elle qui a pû cauſer l'éloignement de son mari; si elle eût marqué davantage le desir qu'elle avoit de lui plaire, elle eût peut-être empêché ses égaremens, sans doute il est malheureux; il va d'écueils en écueils, son infortune doit être au comble par l'humiliation de s'être toujours trompé. Non, ma chere Zelamire, m'écriai-je en me jettant à ses genoux, il est au comble du bonheur puisqu'il vous retrouve, revoyez Themidore, rempli de respect

& d'amour pour vous; le voile de l'erreur qui nous enveloppoit tous deux eſt enfin déchiré ; nous touchons à la vieilleſſe, mais, nous nous aimons, c'eſt être jeune encore, la raiſon répare en nous les outrages du tems ; s'il a changé nos traits, la vérité a rajeuni nos ames, & la vertu va les confondre ; deux époux qui s'eſtiment à notre âge ſont plus heureux que ceux qui ne ſont unis que par le feu de la jeuneſſe, & le caprice des paſſions.

Oui, mon cher Themidore, me dit Zelamire, je pense comme vous, rien ne pourra nous séparer ; nous allons passer nos jours avec le respectable ami qui nous a réunis. La vie que nous ménerons deviendra le modéle du bonheur, notre conversation sera liante sans être fade, nous soutiendrons des opinions pour nous instruire, & jamais pour nous contredire ; je jure de vous aimer toujours, c'est un serment que j'ai rempli d'avance par l'impatience que j'avois de le former; n'oublions pas cependant nos foibleſſes; rappellons-nous-les, moins pour nous en punir que pour en garantir nos enfans; notre jeuneſſe leur a donné le jour, que notre vieilleſſe leur vaille un bien plus précieux, qui eſt la ſageſſe & le vrai bonheur. Après une reconnoiſſance ſi tendre nous retournâmes chez notre ami; la pureté de notre amour ſembla renouveller notre être: j'adore Zelamire, je la respecte, elle m'aime, nous sommes convaincus qu'il n'y a que la vertu seule qui donne la vraie félicité; soyez-en persuadé, mon fils, connoissez-la, soyez-en digne, & je serai toujours heureux.

Telle fut l'instruction de Themidore à son fils; je ne sais pas s'il en devint plus raisonnable, on en peut douter : car M. de Fontenelles dit, que les sottises des peres sont perduës pour les enfans,

& je vois tous les jours qu'il a dit vrai.

Je ſuis engagé maintenant à raconter l'hiſtoire de Zelamire ; c'eſt ce que je vais faire ſans aucun préambule de peur d'ennuyer : car j'ai remarqué que je ſuis quelquefois ſujet à ce petit accident.

Ma chere fille, dit-elle, un jour à la jeune Aldine ; je ſuis votre mere, vous avez quinze ans, vous êtes jolie, & cependant je ſuis votre amie. Je vais vous en donner la preuve en vous confessant toutes mes foiblesses ; je vous connois assez d'esprit pour craindre que vous ne tombiez dans beaucoup d'erreurs. Mon premier soin pour vous en garantir, a été de vous donner une éducation differente de la mienne. On m'a tenue dans un Couvent jusqu'au tems de mon mariage ; j'ai voulu vous élever sous mes yeux ; c'est un parti qui ne laisse pas que d'avoir ses inconvéniens. Une fille qui accompagne sa mere est ordinairement droite, silencieuse, méprisante & caustique, elle se tait, elle observe, elle récapitule, elle sourit & rougit souvent mal à propos; & de fille dédaigneuse elle devient, en se mariant, impolie par faux air, contrariante par humeur, & facile pour paroître au-dessus du préjugé.

J'ai prévu tous ces dangers, & pour les prévenir j'ai cherché à ne pas vous en imposer. Je vous ai menée dans le monde, je vous ai même permis d'y parler, & en vous faiſant craindre la honte de dire des ſottiſes, je vous ai empêchée de critiquer celles que l'on diſoit : on a de l'indulgence pour les autres lorſque l'on croit en avoir beſoin pour ſoi-même. Je vous ai laiſſé dire des naïvetés ſans vous en reprendre ; j'en ai laiſſé le ſoin au rire de ceux qui les entendoient ; je penſe même qu'on doit avoir bonne opinion d'une fille à qui il échappe quelques

propos

propos riſibles. Si elle n'en tenoit aucun, je la ſoupçonnerois d'être un peu trop inſtruite ; il faut bien que la naïveté ſoit une décence dans une fille ignorante, puiſqu'elle devient un art dans une fille qui ne l'eſt pas.

Juſqu'à préſent vous avez rempli mes vues ; votre caractere eſt liant ; vous avez de la ſimplicité dans les propos, & de l'eſprit dans le maintien ; voilà les vertus extérieures de votre état. Mais, vous en allez bientôt changer ; je suis sur le point de vous marier ; vous n'avez pas assez d'expérience pour éviter tous les travers que la fatuité des hommes & la malignité des femmes préparent à une jeune personne, qui dans le monde est livrée à elle-même ; c'est pour vous en instruire que j'ai voulu vous entretenir & vous confier tous les écueils dans lesquels je suis tombée.

Ma premiere sottise a été d'aimer mon mari sans

me donner la peine de le connoître. On peut être presque sûr qu'une femme qui fait la faute d'aimer son mari au bout de huit jours, fera celle de ne plus l'aimer au bout d'un an. Rien ne prouve tant un fonds de tendresse dans le cœur, & vous croyez bien qu'une femme tendre n'a pas beau jeu avec un homme qui ne l'épouse que parce qu'on nomme dans le monde convenance. On traite une femme que l'on prend pour ſon bien, comme on traite une terre qu'on achette pour ſon revenu : on y va paſſer huit jours par curioſité, on en touche l'argent & l'on n'y retourne plus ; cela eſt humiliant, il arrive que ce ſont des étrangers qui font valoir & la terre & la femme. Voilà, à peu de choſes près, le commencement de mon Hiſtoire.

J'en reviens à mon Couvent ; j'y étois careſſée, gâtée & ennuyée ; les Religieuſes me confioient tous leurs petits ſecrets ; les vieilles me diſoient du mal de la Dépoſitaire, & les jeunes me diſoient du bien de leur Directeur : il y a des plaiſirs pour tous les âges.

Ma mere vint un jour m'annoncer qu'elle alloit me marier, cela fit un grand effet dans ma tête ; j'en parlai le ſoir à mes cheres amies, la mere S. Chryſoſtome, & la mere de la Conception, qui me firent par conjectures un portrait du mariage à faire mourir de rire ; rien ne fait dire tant de sottises que l'envie d'en deviner une. Deux jours après je leur dis adieu, en leur promettant que dès que je serois mariée je viendrois leur communiquer mes connoissances, & seconder leur pénétration de mon expérience. Le jour de mes nôces arriva, & quoique j'eusse été prévenue par ma mere, je ne puis vous cacher, ma fille, que je fus étonnée ; je vous promets que vous le ſerez auſſi. Votre pere m'importuna beaucoup pendant les premiers mois; il eut enſuite plus d'égards, je ne ſçais comment cela ſe fit; je l'aimai vivement tant qu'il fut importun, je me refroidis quand il fut attentif, il s'en apperçut, il devint froid auſſi, & ſur cet article nous jouâmes bientôt à fortune égale, dès qu'il n'eut plus de ſentimens, il me debita des maximes; un mari ne tarde gueres à n'être qu'un pédant, avec qui on paſſe la nuit. Il voulut me préſenter aux amis de ſes parens. Rien n'eſt ſi cruel que des amis de famille; ce ſont pour l'ordinaire de vieilles figures qui uſurpent ce titre, parce que depuis trente ou quarante ans, ils ennuyent une maiſon de pere en fils.

La plûpart de ceux qui venoient dans la nôtre étoient des gens à gros viſages, qui mangeoient beaucoup & qui ne par-

loient

loient point, qui digé-roient bien & qui pen-ſoient mal; c'étoient des Conſeillers fort honnêtes gens, qui ſe couchoient à onze heures du ſoir pour être au Palais le lendemain matin à ſept; des femmes qui ſe portoient bien, & qui prenoient du lait par précaution; des filles qui vivoient de régime pour trouver à s'établir, en ſe donnant un air de raiſon, & quelques gros Abbez plats & galans, qui fai-ſoient des déclarations d'amour, & qui ne vouloient pas faire celle de leurs biens. Je pensai périr de tristesse, & je fus très-certaine que lorsqu'on viendroit chercher la Félicité chez mon beau-pere, on seroit obligé de se faire écrire pour elle.

Je fis connoissance avec des femmes de mon âge; je les crus mes amies, parce que j'allois tous les jours au Spectacle avec elles sans leur parler; & que nous soupions ensemble dans quelque maison où la maîtreſſe déſœuvrée juſqu'à dix heures, attendoit triſtement quatorze ou quinze perſonnes qui ne ſe convenoient guéres. On y faiſoit la meilleure chere du monde, mais la converſation étoit preſque toute en lacunes ; elle conſiſtoit dans quelques paroles vagues, qui étoient pour ainſi dire honteuſes de rompre le ſilence général, & qui cependant avoient des prétentions à former l'entretien : on y répondoit par quelques plaiſanteries plattes & détournées, par quelques jeux de mots, ſuivis de grands ris triſtes & forcés, qui ne ſervoient qu'à faire ſortir l'ennui. La gayeté eſt une coquette, elle refuſe ſes faveurs lorſqu'on veut les lui arracher. De tous les êtres féminins, c'eſt celui qui ſe laiſſe moins violer.

Enfin on ſortoit de table au grand ſoulagement de tous les conviés; car il n'y a rien de ſi ennuyeux que des cercles, & preſque tous les ſoupers ne ſont pas autre choſe : on jouoit juſqu'à trois heures du matin, & l'on ſe ſéparoit perſuadé qu'on s'étoit amuſé. Pour moi qui n'ai pas l'imagination vive, je me retirois chez moi bien convaincue que lorſqu'on eſt quatorze le bonheur ne s'y trouve jamais en quinziéme.

Je rêvois perpetuellement au peu de Félicité qu'on trouve dans le monde ; je renonçai aux maiſons ouvertes, & je me formai une societé. Ce seroit là sans doute qu'on trouveroit le bonheur, si l'on étoit certain de ceux qui la composent ; mais on ne se connoît que pour s'être rencontrés, on ne se juge que par conjectures, on ne se lie que par prévention, on en rabat à l'examen, on se confie par besoin, on se trahit par jalousie, la tracasserie se met de la partie & mine sourdement ; la prétenduë amitié se découd, la societé se disperse, on se voit de loin en loin, & lorſqu'on ſe retrouve, on ſe careſſe & l'on ſe déteſte. Je m'étois cependant conſervé deux perſonnes dont je me croyois ſûre ; c'étoit une vilaine femme & un bel homme ; la femme ſe nommoit Celenie, & l'homme Almenidore ; je jugeai à Celenie un fort bon caractere, parce qu'elle avoit de petits yeux, & je pris Almenidore pour le plus honnête homme du monde, parce qu'il étoit bien fait. Parmi tous les jeunes gens qui me faiſoient la cour, c'étoit celui dont les hommages me flattoient le plus; ſes regards étoient tendres, & je croyois que c'étoit ſon cœur qui les rendoit tels. Ses diſcours remplis des louanges les plus fades, étoient ſelon moi, dictés par le diſcernement le plus juſte & le plus délicat; il me juroit qu'il m'adoroit, cela me paroiſſoit une vérité inconteſtable; quand je voyois des hommes en dire autant aux autres femmes , cela me paroiſſoit une raillerie trop groſſiere. Almenidore ne me vantoit jamais ſans rabaiſſer les autres : loüer une femme par comparaiſon , eſt une façon immanquable de lui tourner la tête, cela flatte ſa jalouſie & ſa vanité ; il n'en faut qu'un des deux pour lui faire accroire qu'elle a le cœur tendre.

Almenidore avoit encore un talent bien dangereux , c'étoit celui d'être amuſant , c'eſt dequoi l'on ne peut guéres se garantir ; quand vous serez dans le monde, ma fille, ne craignez jamais les hommes qui seront réellement amoureux ; il n'y a rien de si triste que ces Messieurs-là ; tous ces hommes à sentimens, qui ont de grands yeux blancs & fixes, qui poussent de gros soupirs, & qui sont toujours prêts à se tuer pour ramasser un éventail, ne sont nullement à craindre ; leur ridicule commence par faire rire, & finit par exceder.

Mais défiez vous de ceux qni ont assez de sang froid pour épier & découvrir nos foibles, qui ont assez peu de sentiment pour faire usage de leur esprit, qui sont plus galans que tendres, qui ne sont jamais de déclarations, de peur d'éfaroucher, & qui vont chez les femmes pour les avoir & non pour les aimer.

Voilà ceux qui possedent vraiment le grand art de séduire; lorsque l'on est sans expérience, on ne les ſoupçonne de rien, on ne les regarde que comme des connoiſſances aimables, on rit avec eux ſans ſcrupule, on s'accoutume à les voir, on a peine à s'en paſſer; ils s'en apperçoivent, ils ſuivent toutes les gradations de la ſenſibilité, ils arrangent leur marche en conſéquence, & la tête d'une femme eſt priſe avant que ſa main ſoit baiſée.

Aldine, en cet endroit interrompit Zelamire, pour lui faire cette queſtion.

Ma mere, Almenidore n'étoit-il pas amuſant ? Il l'étoit beaucoup ma fille, répondit Zelamire ; mais par bonheur pour moi il devint amoureux ; celui qui m'en fit appercevoir fut une groſſe bête, ami de mon mari, qui ſe répétoit ſans ceſſe, & que par conſéquent perſonne ne répétoit. On peut s'en rapporter aux ſots pour remarquer tout ; ils n'ont que cela à faire. Ils ſont eſpions par malignité, & indiſcrets par beſoin de converſation. Celui-là me parla ſi ſouvent de l'amour d'Almenidore, que je commençai à m'en douter; je remarquai qu'il étoit moins gai quoiqu'il voulût le paroître davantage, & qu'il prenoit bien plus de libertés avec les autres femmes qu'avec moi. Je ne pus m'empêcher en ſecret de lui en ſavoir gré, je cauſois quelquefois avec lui, il devenoit ſérieux, & j'aurois été fâchée s'il eût été plaiſant; autrefois il me diſoit ſans conſéquence qu'il m'adoroit, & pour lors il rougiſſoit du nom d'amour. Ces découvertes ne m'affligerent point, je me défiai de ma foibleſſe, je me ſoupçonnai, je m'examinai & je me convainquis. Il ne me reſtoit de raiſon que ce qu'il m'en falloit pour être ſûre que j'en avois beaucoup perdu; j'en eus cependant aſſez pour craindre les ſuites de mon penchant, & pour vouloir en arrêter les progrès.

Je queſtionnai mon ami la bête, pour ſavoir ce qu'on penſoit de moi; il me répondit, qu'il n'y avoit qu'une voix sur mon compte, & qu'il passoit pour constant que j'avois pris Almenidore : cependant je gardois trop peu de ménagemens pour être condamnée; on prend plus de mesures lorsque l'on est d'accord; je demandai si mon mari avoit quelques soupçons : Ah! bon Dieu, oui me répondit-on, il est le premier à en plaisanter. J'en fus picquée je l'avouë, il n'y a rien de si incommode qu'un mari trop ja-

loux-

loux ; il n'y a rien de si humiliant qu'un mari qui ne l'est pas assez : mon amour propre se révolta au profit d'Almenidore, j'en vins même jusqu'à lui faire des agaceries en présence de Themidore, mais, Themidore n'en étoit pas ému ; il s'en applaudissoit, au contraire, il paroissoit me remercier ; il me lançoit les Epigrammes d'un homme plaisant, & jamais il n'y en avoit une seule d'un homme picqué. J'étois outrée, & dans ces dispositions, Almenidore me trouva seule. Vous tremblez pour moi, ma fille; rassurez-vous, vous allez voir qu'il y a des vertus que l'on doit au hazard. Je commençai par prendre la chose au tragique, je priai Almenidore de mettre fin à ses visites, que je n'ignorois point tous les propos qu'occasionnoit son assiduité, & que j'y voulois mettre ordre. Madame, me répondit-il, si je n'étois pas votre ami, & si j'étois de ces petits maîtres qui ne veulent que ſe donner l'air d'une bonne fortune, je vous obéirois avec plaiſir, mais je ſuis trop honnête homme pour ceſſer de vous voir ; ce ſeroit vous perdre de réputation ; votre mari ne ſera jamais accuſé de vous l'avoir défendu, il ne vous fait pas l'honneur d'être jaloux. Almenidore me dit ces derniers mots d'un air ironique : Monſieur, lui répondis-je, cela ne peut prouver que l'excès de ſa confiance ; cela prouve encore plus, repliqua Almenidore, ſon manque de ſenſibilité : voilà de ces choſes impardonnables dans un mari, & quand on ne les pardonne point, pourſuivit-il d'un ton plus doux, il eſt aiſé de les punir ; mais, pourquoi lui voudrois-je du mal, c'eſt lui qui par ſes plaiſanteries déplacées vous a fait rougir le premier de mon amour. Mon reſpect m'auroit toujours empêché de vous en inſtruire, votre mari m'en a épargné la peine ; je le regarde comme mon bienfaiteur ; il me paroît, lui dis-je, que vous voulez lui marquer votre reconnoiſſance d'une façon bien ſinguliere ? Madame, dit Almenidore, l'équité me preſſe plus à ſon égard que la reconnoiſſance; pour moi, Monſieur, lui répondis-je, je ne ſuis point curieuſe de pénétrer dans vos motifs ; mais je ſais ce que je dois à moi-même, & je vous défens de me revoir ; vous voulez apparemment, répartit Almenidore, paſſer pour volage après avoir paſſé pour ſenſible ? cela vous fera plus de tort que vous ne penſez, Madame, ſans doute que je n'ai pas le bonheur de vous plaire; je vois que je vous importune, mais, on ne le croit pas : ceci aura tout l'air d'une rupture, je vous en avertis. C'eſt-à-dire, lui repliquai-je, que pour prévenir une telle opinion vous voudriez que cela prît le tour d'un arrangement. Madame, me répondit-il, votre réputation y eſt trop intéreſſée pour que je ne le deſire pas : voilà qui eſt admirable, m'écriai-je, il va me prouver que je dois manquer de vertu afin que l'on m'en croye. C'eſt, me dit-il, la façon la moins pénible & peut-être la plus ſûre de ſe faire eſtimer : ſi nous ceſſons de nous voir, on ſera convaincu que nous nous ſommes vus comme Amans, & ſi nous nous voyons toujours on ſe perſuadera que nous ne pouvons nous voir que comme amis ; mais il me ſemble, lui répondis-je, qu'entre homme & femme, on ne croit guéres à l'amitié ; du moins, reprit-il, vous y croyez Madame, *comme cela*, lui repliquai-je. Comment s'écria t'il, ſerois-je aſſez heureux pour que vous ne fuſſiez pas mon amie ? Voilà un bonheur d'une nouvelle eſpéce, lui dis-je ; Madame, pourſuivit-il, cela en ſeroit bien plus tendre, vous êtes inſupportable avec vos conſé-

conſéquences, lui répartis-je, d'un air embarraſſé, me défendrez-vous toujours de revenir, me dit-il d'un ton languiſſant? Almenidore, lui répondis-je, en portant ma main ſur mes yeux, que vous connoiſſez bien mon foible! en cet inſtant nous nous tûmes, & nous nous regardâmes; il tourna la tête du côté de la porte, apparemment pour ſavoir ſi elle étoit fermée, & par bonheur Celenie l'ouvrit & vint nous interrompre.

Vous ne disiez plus rien, dit Aldine à sa mere, comment vous interrompit-elle ? Ma fille, lui répondit Zelamire, vous éprouverez peut-être un jour, que dans un tête à tête on n'est jamais interrompu davantage que lorsqu'on ne dit rien.

Je ne pus pas douter de mes sentimens pour Almenidore, & je m'y serois livrée de plus en plus, si l'on ne m'eût pas avertie que cette Celenie que je croyois mon amie étoit ma rivale, & ma rivale préferée : on m'offrit de m'en convaincre, j'eus la foiblesse d'y consentir : on me cacha dans l'appartement même de Celenie, elle ne fut pas long-tems sans y venir avec Almenidore ; la conversation ne fut pas longue, je le vis dans les bras d'une femme qu'il déchiroit si cruellement en ma présence ; à ce spectacle, je pensai m'évanouir, ma fureur seule m'en empêcha. J'entendis le perfide me donner cent ridicules, & sur-tout me plaisanter sur ma crédulité ; ma rivale faisoit à chaque instant de grands éclats de rire, il n'y avoit que la joie qui interrompoit le plaisir. J'eus la patience de les laisser sortir ; je me crus corrigée, je n'étois qu'humiliée ; je bannis Almenidore sans retour, il m'avoua qu'il n'avoit aucun gout pour Celenie, & il ne se justifia qu'en me disant, que c'étoit une femme qui lui faisoit du bien ; ce fut alors que j'appris pour la premiere fois que l'argent ſupplée ſouvent aux charmes : je ſentis qu'on doit plaindre les femmes qui en donnent, & mépriſer celles qui en reçoivent : je quittai mon ſiſtême de ſentiment pour trouver le bonheur, mais je ne ſçus comment le remplacer, & je fus incertaine ſi je me ferois dévote ou bel eſprit, car il n'y a perſonne qui tous les ans n'ait le choix d'une réputation nouvelle.

Une femme de notre voisinage qui étoit sage avec éclat, & tendre avec mystere, pensa m'attirer dans son parti; elle avoit été assez belle pour avoir été trompée dans sa jeunesse par plusieurs agréables; après en être devenue la fable, elle s'en étoit détachée & avoit fait les honneurs de sa nation à quelques Ministres Etrangers qui l'avoient trouvée fort étrange; de-là elle s'étoit retirée dans une Province où elle se livroit à des Officiers ſubalternes, qu'elle entrelardoit pieuſement de quelques bêtes à froc : car dans tous les tems les Moines ont été les troupes Auxiliaires des femmes dérangées ; elle me confia tous ſes ſecrets, & m'avoua ingenûment qu'il n'y avoit que les révérends Peres qui euſſent pû la fixer. Cela ne m'étonna point, elle n'étoit plus jolie, & quand une femme eſt changée, elle ceſſe d'être changeante.

Je ne me trouvai point

aſſez voluptueuſe pour me faire dévote, je me décidai pour le bel eſprit; je vis bientôt que c'eſt un état dans le monde; j'examinai les ouvrages de la plûpart de ceux qui avoient examiné mes actions; je fus recherchée, conſiderée, citée : on vanta mes jugemens, & jamais mon jugement; à la fin je m'ennuyai de ne voir que des beaux eſprits, qui très-ſouvent manquoient d'eſprit; je crus que je trouverois plutôt le bonheur avec des gens aimables ; je voulus les attirer, je voulus les séduire, & sans m'en appercevoir je donnai dans la coquetterie ; j'éprouvai que c'est un chemin où l'on trouve des fleurs & point de fruits : on marche toujours, l'on n'arrive jamais, & la réputation y fait naufrage en pure perte ; je fus bien convaincue que ce n'étoit qu'un plaisir de dupe.

On ne se corrige que par les extrêmes, je voulus être réservée & je fus prude : je me mis entre les mains d'une petite femme qui avoit un air ſec, un teint pâle, & une voix aiguë. Elle m'aſſura qu'elle avoit trouvé le bonheur ; j'en fus ſurpriſe, je me défiois un peu du bonheur d'une femme ſans rouge. Cependant je lui demandai en quoi il conſiſtoit ; dans la vertu, reprit-elle, avec un ton ſuffiſant ; venez chez moi, liez-vous avec mes ſociétez, vous y trouverez cette Félicité qui vous eſt inconnue ; je la ſuivis & je m'en repentis, je me trouvai confondue avec un amas de Comeres, qui avoient le maintien droit & l'eſprit gauche ; vives par tempérament, & bégueulles par décence ; elles prononçoient le nom de vertu, même en s'y dérobant ; elles ſuccomboient plus au danger de l'occaſion qu'au charme du penchant ; mais leur foibleſſe paſſée, elles reprenoient leur fierté pour en accabler froidement celui qui venoit de la faire disparoître; je renonçai à ce bonheur, je m'étois ennuyée de la coquetterie qui est une fausseté gaye; je fus révoltée de la pruderie, qui est une fausseté triste & tracassiere : car la tracasserie n'habite que chez les prudes, & chez les grands.

Je m'étois si souvent trompée que je ne sçus plus à quoi me déterminer; rien n'humilie tant la vanité, que les méprises de l'amour-propre; je tirai cependant un jugement favorable de ce qu'aucune de mes fautes n'avoit pû me plaire : on n'eſt jamais ſans eſpérance de trouver la vérité lorſqu'on n'a pas rencontré une erreur qui contente. Je voulus eſſayer de vivre plus en ſociété avec votre pere, il s'y prêta avez aſſez de graces, il ne vécut avec moi ni comme mari, ni comme ami, mais comme une connoiſſance aimable, nous ne nous eſtimions pas aſſez pour vivre enſemble, il me diſoit des choſes galantes, qui cependant n'avoient aucun objet; en un mot, il ſe conduiſoit comme un homme qui n'a ni droits ni prétentions; je me ſouviens qu'un jour il me trouva liſant une brochure intitulée, *le je ne ſais quoi*; je connois cet Ouvrage, me dit-il, l'Auteur y fait un grand éloge de ce je ne ſais quoi, & l'Auteur a tort; le je ne ſai quoi eſt toujours vû en beau, & ſeroit toujours vû en laid, ſi on le connoiſſoit bien. C'eſt à tort que l'on nomme ainſi le trouble de deux cœurs qui voudroient s'unir. Qu'un Amant adore une femme aimable, ce qu'il ſent pour elle, il ſait bien quoi; ce qu'il voudroit lui dire, il ſait fort bien quoi, & ce qu'il voudroit faire pour lui en donner des preuves, il ſait encore mieux quoi. Cette femme que je ſuppoſe n'avoir jamais aimé, eſt touchée de l'amour de cet Amant; elle nous tromperoit si elle nous disoit qu'elle ne sait pas ce que c'est que ce sentiment qui se développe en elle ; elle y résiste, elle veut l'éviter, elle sait bien pourquoi. Quel est donc ce je ne sais quoi, lui dis-je ? C'est, me répondit-il, le serment qu'une femme fait d'aimer son mari qu'elle ne connoît point : comme il n'est fondé sur rien, c'est déja un je ne sais quoi ; c'est le plaisir que le mari prétend lui procurer qui est

eſt encore un je ne ſais quoi, parce qu'il n'y a que l'amour ſeul, qui n'eſt preſque jamais entr'eux, qui ſait ſavoir ce que c'eſt que ce bonheur : c'eſt la jalouſie de ce mari qui eſt ſouvent fondée ſur je ne ſais quoi, & ſon deshonneur prétendu attaché à la conduite de ſa femme, qui eſt le plus je ne ſais quoi de tous. Ainſi puiſque vous voulez le ſavoir, le je ne ſais quoi eſt le génie des maris.

Je ne pus m'empêcher

de rire de cette peinture, ſur-tout dans la bouche de Themidore; je ne ſais rien de plus ridicule qu'un mari petit maître, ſes façons legeres ſemblent défier une femme d'avoir un attachement; je ne conçois pas que ce puiſſe être une vertu que de ne lui pas manquer, puiſque c'eſt une juſtice que de lui être infidéle. Enfin, Themidore eut aſſez peu de ménagemens pour vouloir me racommoder avec Almenidore, j'en fus ſurpriſe, je l'avoue, & le peu d'obſtacles qu'il trouva en moi, me fit ſentir ſon imprudence. On arrangea un ſouper; Almenidore m'y parut plus volage & plus aimable que jamais; Celenie y étoit auſſi; elle n'aimoit plus Almenidore, & s'amuſoit toujours avec lui; le goût qu'il lui avoit inſpiré étoit totalement paſſé, elle ne s'en cachoit pas. Voilà la différence qui eſt toujours dans la conduite des hommes & des femmes; un homme qui a une affaire réglée, ne ſe fait pas un ſcrupule de ſaiſir toutes les occaſions que le hazard lui donne. Une femme eſt plus délicate, mais elle aime peut-être moins long-tems; en général, les femmes ſont plus inconſtantes, & les hommes plus infidéles.

Notre ſouper fut charmant, Celenie fut auſſi gaye qu'une femme qui ne doit ſes conquêtes qu'à ſa beauté; je devins ſon intime amie, & je ſentis que cette union entraînoit néceſſairement le pardon d'Almenidore ; je ne pus cependant pas m'empêcher de lui faire des reproches très-amers, mais il me répondit que cette avanture n'étoit qu'un badinage : ce mot occaſionna une diſſertation qui fut appuyée ſur pluſieurs exemples, & ces exemples me démontrerent clairement qu'à moins que d'aſſaſſiner, tout eſt badinage dans le monde.

Notre partie fut ſuivie

de pluſieurs autres, Themidore plut à Celenie; heureuſement pour elle Themidore avoit beaucoup perdu au jeu, il avoit beſoin de reſſources; par conſéquent, il trouva que Celenie avoit encore de la fraîcheur. Il ſe vanta de nos ſoupers, il lui paroiſſoit délicieux de ſe trouver en partie quarrée avec ſa femme; il avoit une maiſon de campagne, nous y allâmes paſſer quelques jours; Almenidore à force de m'amuſer recommença à m'occuper ; il étoit ſi gai quand il me voyoit que j'étois triſte, quand je ne le voyois pas ; je croyois même que ma triſteſſe faiſoit partie de ma reconnoiſſance ; Celenie étoit ordinairement preſente à tous nos entretiens ; Almenidore me demanda un jour ſi nous ne pouvions pas nous en paſſer, je répondis que cela étoit impoſſible, & cependant depuis cette queſtion je la trouvai toujours de trop : je lui faiſois plus de politeſſes & moins d'amitiés ; plus elle m'importunoit, plus je voulois le lui cacher ; je croyois lui faire des careſſes, & je ne lui faiſois que des complimens ; apparemment qu'elle s'en apperçut ; elle manqua un jour au rendez-vous, je me trouvai ſeule avec Almenidore : je fus d'abord effrayée : il me donna tant de paroles d'honneur qu'il ſeroit ſage qu'il me raſſura : le tems étoit beau, il me propoſa une promenade

nade ; je crus après tous les ſermens la pouvoir hazarder. Il commença adroitement par être fort enjoué ; en m'amuſant, il étourdit mes craintes inſenſiblement, il fit tourner la converſation ſur le ſentiment ; il avança des propoſitions que je voulois refuter, il les ſoutint ; en les prouvant, il ſe rendit intéreſſant ; je l'écoutai, je devins rêveuſe, & je ne répondis qu'en ſoupirant, je m'apperçus de mon trouble ; je voulus retourner ſur mes pas, mais nous nous étions égarés dans le parc qui étoit fort grand & que je ne connoiſſois pas. Voilà qui eſt affreux, m'écriai-je, que va-t'on penſer de moi ? en vérité cela n'eſt pas raiſonnable. Ah, me dit-il, vous ne vous êtes tant écartée que par diſtraction: il eſt vrai, repris-je, que ce n'étoit que dans la vûe de faire de l'exercice ; pour moi, pourſuivit-il, je ne me ſuis égaré que parce que je ne pouvois pas faire autrement : je ſuis attentif à vous regarder, à vous entendre, à vous persuader que je ne m'apperçois ni du lieu où je suis ni des routes qui peuvent m'y avoir conduit : à vous dire le vrai, Madame, continua-t-il, quand j'ai l'honneur d'être avec vous, je songe beaucoup plus à faire mon chemin qu'à retrouver le vôtre.

Almenidore, repliquai-je, voilà un propos qui ne va qu'à une petite maîtresse, je suis fâchée que vous me regardiez comme telle il s'en faut bien Madame, reprit-il aussitôt, si je ne vous aimois pas, il y a long-tems que je vous aurois convaincue ; mais en effet, lui dis-je, pour détourner la conversation, je crois que vous avez abusé bien des femmes, celle qui les vange, me répondit-il, me les fait oublier. Je m'apperçus qu'il rougit en disant ces mots, je ne fis pas semblant de le remarquer ; au contraire, je lui reprochai d'avoir été toujours trop entreprenant, & de s'être déclaré trop brusquement : lorſque j'en agiſſois ainſi, repartit-il, je n'aimois pas ; j'éprouve que lorſqu'on a une véritable paſſion, on n'oſe pas la faire deviner. Almenidore, dis-je, d'un air un peu troublé, changeons de converſation ; vous voyez bien que vous en êtes l'objet, répondit-il, en me baiſant la main ! Ah Monſieur, lui dis-je en la retirant aſſez bruſquement, mais cependant autant que je l'aurois pû, je ne puis pas ſouffrir ces façons-là. Voilà la premiere fois, poursuivit-il, que je vois une femme aimable s'offenser vivement de la justice qu'on lui rend. Ce mot de vivement est de trop, repliquai-je, je serois très-mécontente de moi si je ne me fâchois pas froidement : c'est-à-dire, reprit-il, que vous me méprisez : mais Monsieur, m'écriai-je, où avez-vous pris qu'on vous méprise ? c'est dans votre sang froid, dit-il, qui est insultant à force d'être dédaigneux. Ne diroit-on pas, répondis-je, que l'estime & l'amitié sont quelque chose de bien chaud? je vous estime, Monsieur, je veux bien être votre ami, mais il faut que vous ayez la bonté de vouloir bien en rester là. Je voudrois pouvoir vous obéir, répondit-il, mais cela n'est pas en moi. Ainsi je ferai mieux de prendre demain la poste & de m'en retourner. Comment, Monsieur, lui dis-je, vous prétendriez me laisser ici entre Celenie & mon Mari? en vérité vous voulez me faire joüer un joli personnage ; Madame, repliqua-t'il, je vous en proposois un autre qui n'étoit pas si indécent ; Almenidore lui dis-je, asseyons-nous & parlons sensément ; j'y consens, reprit-il. (Je fis une faute de m'asseoir, & je ne vous le dis, ma fille, que pour vous avertir d'y prendre garde quand vous serez seule avec un homme.) Eh bien Madame, me dit Almenidore, me voilà prêt à vous entendre : parlez-moi avec vérité, lui dis-je, quel eſt votre but ? mon but, reprit-il, étoit de vous plaire, je vois bien que je n'y parviendrai pas à preſent, mon deſſein eſt de ne vous plus aimer ; je ſens trop que le ſecond projet ne réuſſira pas mieux que le premier ; mais m'écriai-je, quelle eſt cette idée là de m'aimer ? car je jurerois que cet amour s'irrite par la contradiction & ne doit rien au ſentiment : AhMadame, me dit-il, ne m'accablez pas par vos doutes, c'eſt bien aſſez de vos rigueurs : par exemple, lui dis-je, pour le consoler un peu, je vous crois un fort honnête homme, mais je vous juge bien léger. Est-ce à vous, Madame, reprit-il, à reprocher des défauts dont vous corrigez ? il me prit la main, je la lui laissai, il la baisa, je me troublai, je m'en apperçus : apparemment que je me défendois mal, car Almenidore me pressoit davantage, mais cependant avec une vivacité mêlée de crainte : je voulus l'intimider encore en feignant de me fâcher. Ah pour le coup Monſieur, lui dis-je, c'eſt pouſſer le manque de reſpect trop loin : il ſe rallentit à ces mots, j'étois rouge, il l'imputa à ma colere, je crois qu'il ſe trompoit : il me demanda le ſujet qui m'irritoit, je le traitai d'impertinent : ce mot le rendit immobile & ſon immobilité me rendit la raiſon : j'eus honte d'avoir été ſi près du danger, je prenois le parti de m'éloigner lorſque j'apperçus très près de nous Themidore assis sur le gazon à côté de Celenie, il ne me dit rien, mais je crus remarquer qu'il me railloit par ses regards; je commençai à craindre qu'il n'eût été à portée d'entendre notre conversation, & je n'en pus pas douter le lendemain, car il nous proposa une promenade & nous conduisit dans le même endroit où nous trouvames un poteau nouvellement placé, sur lequel je vis ces mots écrits en très gros caracteres; *route de l'occasion perdue*; il y a peu d'allées couvertes, dit-il à Almenidore, qui portent le nom de celle-là; Almenidore fut interdit & je fus confonduë; nous quittames la campagne le lendemain, je ne cessai pas de faire des réflexions; je m'accablai moi-même de reproches; la certitude où j'étois que Themidore étoit instruit de ma foiblesse, me le rendit insupportable: je lui déclarai que j'étois entierement dégoutée du monde, & que je voulois me retirer dans une de ses terres : nous nous séparames amicalement, je le priai de m'oublier, je cherchai un azile dans l'abbaye de... où sous le nom d'Elmasie, je touchai la pension que je m'étois reservée j'appris depuis ce tems toutes les adversités de Thémidore, j'en fus attendrie; j'oubliai tous ses procédés, je pense que dès que l'on est malheureux, on cesse d'avoir tort : nous nous sommes retrouvés, nous nous sommes réunis, nous ſommes convenus de nos foibleſſes, les avoüer c'eſt vouloir s'en corriger : depuis que nous vivons, je ſens le calme renaître dans mon ame, je commence à connoître que je ſuis dans la route du bonheur : deux époux ſe retrouvent toujours, il n'y a qu'un amour pur qui puiſſe rendre conſtament heureux: nous jouiſſons d'une félicité parfaite parce que nous jouiſſons de nous-mêmes, & que nous ſommes parvenus à nous eſtimer. Après ce récit, Aldine tint ce discours à Zelamire : ma mere je vous suis assurément bien obligée de vos instructions, j'espere que vos expériences me suffiront, mais je ne puis m'empêcher de vous dire que vous l'avez échappé belle.

FIN.

www.ingramcontent.com/pod-product-compliance
Ingram Content Group UK Ltd.
Pitfield, Milton Keynes, MK11 3LW, UK
UKHW031911260826
14628UKWH00003B/1131

9 782012 478220